AF249815

LE DIABLE AVEUGLE.

Par M. H*.

Le prix est de 4. sols 6. deniers.

A PARIS,

Chez L. A. SEVESTRE, à l'entrée du Pont
S. Michel, du côté du Marché Neuf.

M. DCC. VII.

Avec Approbation, & Permission.

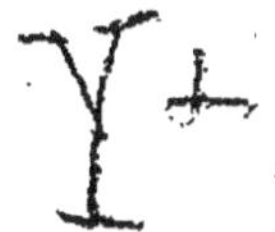

LE DIABLE
AVEUGLE.

U'entens-je ? de quel bruit retentissent les
airs ?
Et quel lugubre cri sort du fond des Enfers ?
D'où vient ce tintamar, cette peur Plutonique ?
Y donne-t-on l'assaut à quelque Fanatique ?
Quoy donc ! les Carrefours pleins de Diables boiteux,
Borgnes, embequillez, quels spectacles hideux ?
En veulent-ils au Ciel ? attaquent-ils la Terre ?
Combattent-ils celuy qui lance le Tonnerre ?
Ou bien de nôtre sort ces ennemis jaloux
Lanceroient-ils sur nous les traits de leur courroux ?
Qui peut les allarmer, & les mettre en déroute ?
Damis, voicy le fait, le Diable ne voit goutte.
Voilà pour un Caton debuter un peu mal :
Mais c'est là le sujet du tumulte infernal.

Ouy le Diable eſt aveugle en ce ſiecle où nous ſommes,

Et ne voit goutte enfin au commerce des hommes ;

Devenus plus malins & plus fourbes que luy,

Ils ont inventé l'art de le vaincre aujourd'huy.

D'un mauvais Magiſtrat cherchez l'obſcure route,

Helas ! mon cher Damis, le Diable n'y voit goutte.

D'un Tartuffe vouloir penetrer le deſſein ,

Le Diable n'y voit goutte, il y perd ſon Latin.

Le Flateur n'eſt rien moins que ce qu'il veut paroître,

Le Diable n'y voit goutte & n'y peut rien connoître.

A prévoir les détours du captieux Devot

Le Diable ne voit goutte & paſſe pour un ſot.

Cet Eſprit de menſonge a trop peu de malice

Pour tromper du Menteur la ruſe & l'artifice.

A ſonder du Plaideur le Dedale profond

Le Diable ne voit goutte , & ne va qu'à tâton.

A débroüiller l'intrigue où l'Avare s'occupe

Le Diable ne voit goutte & n'en eſt que la dupe.

Cherchez d'un Financier la Clef & le Tréſor ,

Le Diable ny voit goutte & n'eſt plus qu'un butor ;

C'eſt en vain qu'on pourſuit ſon ſuperbe Caroſſe,

Le Diable n'y voit goutte & ne le ſuit qu'en Roſſe.

Un habile Uſurier vole comme il luy plaît,

Le Diable n'y voit goutte & ne ſçait ce qu'il eſt.

Demandez à Fourbet quelle eſt ſa banqueroute,
C'eſt un myſtere, hola, le Diable n'y voit goutte.
Le Marchand a ſon jeu, l'Artiſan ſçait le ſien,
Le Diable n'y voit goutte & n'y comprend plus rien.
Le Vendeur, l'Acheteur uſe de ſtratagême,
Le Diable n'y voit goutte & s'y voit pris luy-même.
Ainſi le Politique uſe de fins détours,
Le Diable n'y voit goutte & ſe trompe toûjours.
D'Adonis en collet débroüiller le commerce,
Le Diable n'y voit goutte & tombe à la renverſe.
De cet amy de nom deviner le ſecret,
Le Diable n'y voit goutte & ne ſçait ce qu'il fait.
A ce jeune Eventé que farde l'apparence
Ne vous prodiguez pas avec tant d'aſſurance;
Il couve un feu malin que vous ne voyez pas,
Le Diable y perd la veuë auſſi bien que ſes pas.
Gardez-vous du poiſon de cette Adoleſcente,
Il n'eſt point de plaiſir que ſon cœur ne reſſente;
Elle n'offre au dehors qu'une vaine vertu,
Le Diable n'y voit goutte & s'y voit confondu.
Trop credules Argus, que ſert vôtre prudence?
Elle l'endort au ſon d'un peu de complaiſance;
Vôtre abſence pour elle eſt l'heure du Berger,
Le Diable n'y voit goutte & n'y peut rien changer.

A iij

Maris infortunez, dont la femme coquette
Vous impofe fouvent un fardeau fur la tête ;
Portez-le doucement, fans chercher par quel art,
Le Diable n'y voit goutte & fe leve trop tard.
Epoufes, dont la foy fouvent eft offenfée
Par les indignes feux d'une flamme infenfée,
Ne vous alarmez point d'un mary qui peut tout,
Le Diable n'y voit goutte & n'en vient pas à bout.
Cherchez par quel moyen le fils trompe fon pere,
Et par quel art la fille en impofe à fa mere,
L'époux à fon époufe, & l'époufe à l'époux,
Le Diable n'y voit goutte & marche en loup garou.
De mille faux fermens que Tyrfis vous prodigue,
Belle Iris, croyez-moy, vous ignorez l'intrigue ;
Il a beau vous jurer qu'il vous donne fon cœur,
Le Diable n'y voit goutte, & c'eft un impofteur.
Un chacun eft furpris de ce que fait l'amie ;
A voir avec quelle aife elle paffe fa vie,
On diroit que Crefus a fait de fa maifon
Un coffre d'où l'argent entre & fort à foifon :
Mais quoy, me dira-t-on, que peut-elle donc faire ?
Le Diable n'y voit goutte, & moy qu'en ay-je affaire?
Cherchez de ce Quidam & l'art & le credit,
Et d'où vient qu'on luy voit chaque jour chaque habit ;

J'ignore ſes talens, mais pourtant je m'en doute;
Au commerce qu'il fait le Diable ne voit goutte.
Comment Griffart a-t-il amaſſé tant de bien ?
Le Diable n'y voit goutte, & moy je n'en ſçay rien.
Par quel art Chicanet aux dépens du pupille
Chez luy ſe loge-t-il aux Champs comme à la Ville?
Damis, demandez-luy quel chemin l'y conduit,
Le Diable n'y voit goutte & n'y va que de nuit,
Et comment Renardet fraude-t-il la Gabelle ?
Le Diable n'y voit goutte à faire ſentinelle .
Quel genie infernal inſpire à Gaſoüillet
L'art maudit de gâter ce que le Ciel a fait ?
Pourquoy d'un Jus ſi pur & ſi net à la veuë
Compoſer un poiſon dont le ſecret nous tuë?
Aſtarot en eſt-il le magique inventeur ?
Le Diable ne voit goutte à cet empoiſonneur.
A voir le ſombre aſpect de la morne Lucine,
On diroit que le Ciel contre nous ſe chagrine;
Et plus on la regarde, & plus on voit les coups
Prêts à fendre la nuë & ſe lancer ſur nous.
Un bruit ſourd & confus fait approcher l'orage:
Mais non ce n'eſt point nous que menace ſa rage;
Un malheureux époux en butte à ſa fureur
Doit redouter luy ſeul ce funeſte malheur.

En vain vous en cherchez & la source & l'issuë,

Le Diable n'y voit goutte & se perd dans la nuë.

Pourroit-on épargner le faquin Sottinet,

Qui ne peut supporter l'ombre de son bonnet ?

Un mot, un geste, un ris l'effarouche & l'alarme;

Chez luy tout équivoque, un soûpir le desarme :

Son épouse à ses yeux fait toûjours quelque amant,

Le Diable ne voit goutte à tout ce qu'il comprend.

Pourquoy vous gendarmer contre La Grondiniere ?

C'est pour vous égayer une sombre matiere :

Nous décrire sa fougue & tous ses contretemps,

C'est décrire, Damis, le caprice des vents,

C'est un fade recit que personne n'écoute ;

Enfin à son humeur le Diable ne voit goutte.

Cherchons quelqu'autre fat un peu moins serieux.

Busrois à propos se presente à nos yeux ;

Dans un Cercle galant, d'une voix mugissante

Ecoutez-le chanter une Ode languissante ;

De la Basse au Fosset sur un *hem* gringoté

Reprendre un Air Bacchique en bemol remonté :

Le Diable ne voit goutte à toute sa Musique,

A Tevenard pourtant il veut faire la nique.

Qui ne riroit, Damis, d'un Galant suranné,

Qui porte à soixante ans un soulier retourné ?

A voir ſa treſſe blonde entourer ſon viſage,
Ne le prendroit-on pas pour Cupidon en cage?
Cloris ne laiſſe pas d'en tirer le teſton,
Et je trouve, Damis, que Cloris a raiſon:
Il veut paſſer pour fou enfin, quoy qu'il en coûte;
Qui peut l'on empêcher ? le Diable n'y voit goutte.
Depuis bientôt ſix mois le Seigneur Laquonnet
Se fait enfin ſervir en ſoûcouppe au Buffet,
Et par le vain éclat d'une Nobleſſe outrée
Il dérobe à nos yeux une Roture uſée ;
Et de titres pompeux faiſant un grand fracas,
Le ſien ſeul eſt celuy qu'il ne decline pas ;
Ouy pour l'aneantir il n'eſt rien qu'il ne faſſe,
Le Diable n'y voit goutte auſſi bien que ſa Race.
Enfin de quel côté que je tourne les yeux,
Le Diable ne voit goutte, il eſt borgne ou boiteux.

F I N.

APPROBATION.

J'Ay lû par ordre de M. le Lieutenant General de Police un Manuscrit François, qui a pour titre, *Le Diable Aveugle*, dont on peut permettre l'impreſſion. A Paris ce 5. Octobre 1707.

PASSART.

PERMISSION.

VEu l'Approbation cy-deſſus du Sieur Paſſart, permis d'imprimer. Fait ce ſixiéme Octobre mil ſept cent ſept.

M. DE VOYER D'ARGENSON.

Regiſtré ſur le Livre de la Communauté des Imprimeurs-Libraires de Paris, n. 53. conformément aux Reglemens, & notamment à l'Arreſt de la Cour du Parlement du 3. Decembre 1705. A Paris ce 14. Octobre 1707.

Signé, L. SEVESTRE *Syndic.*